狂想曲

克苏鲁

趣味角色插画图鉴

Booker 编著

人民邮电出版社
北京

图书在版编目（CIP）数据

狂想曲：克苏鲁趣味角色插画图鉴 / Booker编著
. -- 北京：人民邮电出版社，2022.7（2023.5重印）
ISBN 978-7-115-58786-2

Ⅰ．①狂… Ⅱ．①B… Ⅲ．①神话－鉴赏－美国－现
代 Ⅳ．①I712.73

中国版本图书馆CIP数据核字（2022）第037628号

内 容 提 要

如果用萌趣的风格来表现克苏鲁神话中恐怖奇异的角色，会是怎样的效果呢？如果你抱着这样的期待，那么请翻看本书。

本书是一本有关克苏鲁主题的插画图鉴——以克苏鲁神话为基础，为其中的百余角色设计萌趣的卡通形象。全书分为两篇，第一篇为角色图鉴，第二篇为趣味插画，同时还为大量角色撰写了生动形象、笑点满满的文案，图文结合，诙谐有趣。

本书适合对克苏鲁神话感兴趣的读者阅读。

◆ 编　著　Booker
　　责任编辑　张　璐
　　责任印制　马振武

◆ 人民邮电出版社出版发行　　北京市丰台区成寿寺路 11 号
　邮编　100164　　电子邮件　315@ptpress.com.cn
　网址　https://www.ptpress.com.cn
　北京印匠彩色印刷有限公司印刷

◆ 开本：700×1000　1/16
　印张：11.5　　　　　　　　2022 年 7 月第 1 版
　字数：360 千字　　　　　　2023 年 5 月北京第 4 次印刷

定价：99.90 元

读者服务热线：(010)81055410　印装质量热线：(010)81055316
反盗版热线：(010)81055315
广告经营许可证：京东市监广登字 20170147 号

邮政编码

读者福利卡

您关心的问题，我们帮您解决！

1 海量资源包
超100GB学习+设计资源
- 160+商用字体
- 1300+设计素材
- 1000+模板文件
- 600+本电子书
- 500+个视频教程
- ……

2 公开课
大咖经验分享
职业规划解读
免费教程学习

3 新书首享官
GET免费得新书的机会

4 大咖导师
倾情传授行业实战经验

5 会员福利
无套路　超值福利

6 读者圈
高质量图书学习交流圈

回复51页的5位数字领取福利

服务获取方式：微信扫描二维码，关注"数艺设"订阅号。

服务时间：周一至周五(法定节假日除外)

上午：10:00-12:00　下午：13:00-20:00

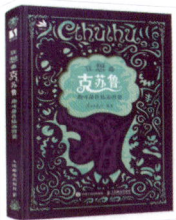

PREFACE 前言

Fhatgn

　　大家好，我是本书的作者Booker，同时也是一名克苏鲁神话爱好者。本书包括了克苏鲁神话中的经典角色插画，以及一些趣味表情、主题插图等。

　　克苏鲁神话体系建立在美国作家H.P.洛夫克拉夫特的小说基础上，他的作品属于恐怖怪奇文学，虽是虚构文学，但让人觉得无比真实。他的作品充满了天马行空的想象与深刻敏锐的洞察力，其中最吸引人的当属大量的古神等邪恶生物，如大名鼎鼎的克苏鲁、奈亚拉托提普、"黄衣之王"哈斯塔、古老者等角色。它们形态各异，并且各自拥有独特的世界观和生活状态，给人留下深刻的印象。

　　说到克苏鲁题材，大家的第一印象应该是那些恶心的触手和不可名状的恐怖吧。而我却在想，如果用萌趣的卡通风格来表现这些可怕的角色，会是怎样的效果呢？于是我查阅了很多克苏鲁神话的相关资料，结合每个角色各自的特点，并融入了一些当下网络上的热"梗"，创作出了一系列的Q萌形象。在本书中，大家可以看到克苏鲁是个爱睡懒觉的"肥宅"，哈斯塔是个自恋的家伙，奈亚拉托提普是个恶作剧大师，修格斯是个苦命的搬砖人，莎布–尼古拉斯是个生娃狂魔，伊斯人则是狂热的学霸……很多奇奇怪怪的可爱角色，都收录在本图鉴中。这也是我对于一代怪奇文学大师H.P.洛夫克拉夫特的致敬，希望大家能够喜欢。

Booker

2021年12月

本书由"数艺设"出品，"数艺设"社区平台（www.shuyishe.com）为您提供后续服务。

"数艺设"社区平台，为艺术设计从业者提供专业的教育产品。

与我们联系

我们的联系邮箱是szys@ptpress.com.cn。如果您对本书有任何疑问或建议，请您发邮件给我们，并请在邮件标题中注明本书书名及ISBN，以便我们更高效地做出反馈。

如果您有兴趣出版图书、录制教学课程，或者参与技术审校等工作，可以发邮件给我们。如果学校、培训机构或企业想批量购买本书或"数艺设"出版的其他图书，也可以发邮件联系我们。

如果您在网上发现针对"数艺设"出品图书的各种形式的盗版行为，包括对图书全部或部分内容的非授权传播，请您将怀疑有侵权行为的链接通过邮件发给我们。您的这一举动是对作者权益的保护，也是我们持续为您提供有价值的内容的动力之源。

关于"数艺设"

人民邮电出版社有限公司旗下品牌"数艺设"，专注于专业艺术设计类图书出版，为艺术设计从业者提供专业的图书、视频电子书、课程等教育产品。出版领域涉及平面、三维、影视、摄影与后期等数字艺术门类，字体设计、品牌设计、色彩设计等设计理论与应用门类，UI设计、电商设计、新媒体设计、游戏设计、交互设计、原型设计等互联网设计门类，环艺设计手绘、插画设计手绘、工业设计手绘等设计手绘门类。更多服务请访问"数艺设"社区平台www.shuyishe.com。我们将提供及时、准确、专业的学习服务。

画中人是黑暗混沌的诉说者，他用人类的文字向我们描述了一个不可名状的恐怖世界。

他创造了一个全新的神话体系，谱写了一系列引人入胜的黑暗狂想曲，为人类打开了未知世界的大门，启发了人类探寻真相的好奇心。让我们向"黑暗教主"H. P. 洛夫克拉夫特的伟大作品致敬吧。"I'a I'a. Cthulhu Fhatgn！"

目录 CONTENTS

仆从&独立种族 / 084
SERVITORS & INDEPENDENT RACES

角色图鉴篇

01

阿撒托斯

"万花筒般的幻象出现在他的眼前，随后一切又消融在这片深不可测的辽阔黑暗深渊里，无数更深的黑色世界与太阳就在这片深渊里旋转。他想起了古老传说中提到的终极混沌，那里诞生了盲目痴愚之神、万物之主阿撒托斯。它被一大群无心智也无固定形状的舞者环绕着，随着它们不可名状的爪子里的可憎长笛所吹出的单调低音而安歇。"

——H. P. 洛夫克拉夫特《夜魔》

别称：原始混沌之核

登场作品：《阿撒托斯》

趣味简介：它是克苏鲁神话中的至高神明！对盲目痴愚的阿撒托斯而言，智慧与理智毫无意义，神学才是世界的归宿。在阿撒托斯的领域里，心中默念"阿巴阿巴"，跟随着这混乱无序的笛声舞动吧！

撒达-赫格拉

别称： 混沌摇篮

登场作品：《夏盖妖虫》

趣味简介： 阿撒托斯唯一的化身就是它！这恐怕是宇宙中第一大贝壳，夏盖虫们快来膜拜吧！

无名之雾

别称： 暂无

登场作品：《阿撒托斯家谱》

趣味简介： 它是万物之主阿撒托斯体内排出的不明黑色气体，它的身体中诞生了"三柱神"（犹格-索托斯、奈亚拉托提普、莎布-尼古拉斯）。

犹格-索托斯

"犹格-索托斯知道大门在何处，因为它就是门，它是门钥，也是看门人。过去在它，现在在它，未来也在它，万物皆在犹格-索托斯。它知道旧日支配者曾于何处突破，它也知道它们将于何处再次突破；它知道这世上的哪些土地曾饱受它们的蹂躏，它也知道哪些土地仍旧承受着它们的践踏，它还知道为何当它们践踏受难之土时，没人能够窥见它们的容貌。犹格-索托斯即是门之钥，凭借此门，无数空间在此汇聚。"

——H. P. 洛夫克拉夫特《敦威治恐怖事件》

别称： 门之钥

登场作品： 《查尔斯·迪克斯特·瓦德事件》

趣味简介： 全知全能的犹格泡泡，是超越一切时空的存在！用银钥匙开启究极之门，犹格泡泡会告诉你宇宙的真相！它既是开门的钥匙，也是称职的门卫。在犹格泡泡的字典里，可没有"迟到"二字，门禁关闭之前没赶到，可别怪它对你发出灵魂三连问——"你是谁？""你来自哪里？""你去向何方？"

塔维尔-亚特-乌姆尔

别称：太古永生者

登场作品：《穿越银钥之门》

趣味简介：它是犹格-索托斯的化身，对人类还算友善。这张神秘面孔之后的秘密，谁也不知道。

亚弗戈蒙

别称：未来与时间之神

登场作品：《亚弗戈蒙之链》

趣味简介：它同样是犹格-索托斯的化身，不过这个化身的脾气可不太好，见到它你可能就要大难临头了。

03

奈亚拉托提普

"它关于'能量'的演说总能使观众震惊忘言，而它也很快声名鹊起，举世瞩目。人们震颤着，向身边人提议他们最好也亲眼去瞧瞧奈亚拉托提普。凡奈亚拉托提普途经之处都不得安宁，在深更半夜里，受噩梦惊扰而产生的尖叫声总是不绝于耳，以至于尖叫声竟史无前例地成了一个公共问题。"

——H. P. 洛夫克拉夫特《奈亚拉托提普》

别称：千面之神

登场作品：《奈亚拉托提普》

趣味简介：它是阿撒托斯的信使、伏行的混沌。它最喜欢人类了，因此经常送"礼物"给地球人，"帮助"他们毁灭世界。

无貌之神

别称：暂无

登场作品：《奈亚拉托提普》

趣味简介：这只形如斯芬克斯的生物是奈亚拉托提普的化身。在其黄金头冠之下，面孔却不知所踪，看来面子对它而言已经不重要了。如果你想回到过去，找它就对了。

黑法老

别称：暂无

登场作品：《奈亚拉托提普》

趣味简介：这位富有魅力的法老同样也是奈亚拉托提普的化身，它不光外表黝黑，内心也十分黑暗，它爱搞事情是出了名的。瞧它那不安分的样子，接下来谁又要遭殃了呢？

肿胀之女

别称：暂无

登场作品：《奈亚拉托提普》

趣味简介：身着旗袍，造型典雅，但是千万不要被它的美色所迷惑，它娇羞的外表下隐藏着的是奈亚拉托提普这个怪物！

夜魇

别称：暂无

登场作品：《奈亚拉托提普》

趣味简介：如果你不嫌弃它丑陋的外貌，并且自信能够解决一切麻烦，那么可以用"闪耀的偏方三八面体"召唤出奈亚拉托提普的这个化身，召唤产生的一切后果请自负。

黑暗之人

别称： 暂无

登场作品：《奈亚拉托提普》

趣味简介： 这个神秘的黑衣男子也是奈亚拉托提普的化身，他专门传授黑暗知识。他的课程正在火热招生中，现在报名还送"魔典"一套，走过路过，不要错过呀！

04

莎布-尼古拉斯

"他还到访过一间矮小的、原属于撒托古亚的黑色神庙，不过那间庙宇里供奉的偶像已经变成了莎布-尼古拉斯——万物之母。这位神明就像是一个更加复杂的阿斯塔特，而对它的崇拜行为让萨玛科纳这个虔诚的天主教徒感到极为厌恶。"

——H. P. 洛夫克拉夫特＆齐里亚·毕夏普《丘》

别称：黑暗丰穰之女神

登场作品：《最终测试》

趣味简介：它是犹格-索托斯之妻，是克苏鲁神话中的至高母神，孕育万千子嗣的森之黑山羊。羊娃太多是它最大的烦恼，有丰富带娃经验的调查员请@黑山羊幼儿园，母神的福利待遇丰厚！

脓汁之母

别称： 暂无

登场作品：《目见母亲》

趣味简介： 它是至高母神莎布-尼古拉斯的女儿，但它的父亲居然是个人类！所以它的择偶目标也是人类，大家千万要小心！

05
伊德海拉

别称： 梦之女巫

登场作品：《掠食者》

趣味简介： 美丽的它不愧为"冻龄"女神，在地球上仅有细菌的时候它就已经存在。它还有无限分裂的能力，当然不会像孙悟空一样，它的分身都是在"一毛不拔"的情况下自行长出来的。作为一名精致的美人，它也有保养小秘诀，那就是吃掉那些被它的美貌所迷倒的生命体！

06

阿撒托斯的无形者天团

图尔兹查

别称：绿炎

登场作品：《魔宴》

趣味简介：这团绿色的火焰是阿撒托斯的无形者天团成员之一，它凭借着魔性的舞蹈出道。别看它燃烧得那么剧烈，其实它的内心十分冰冷。

沙比斯-卡

别称：紫色粉碎者

登场作品：《因果报应》

趣味简介：这团紫色的光球是阿撒托斯的无形者天团成员之一，它是"鬼畜"般的电音狂魔！心脏不好的人最好远离它！

特鲁宁布拉

别称：阿撒托斯的吹笛人

登场作品：《埃里奇·赞之曲》

趣味简介：它是阿撒托斯无形者天团的成员之一，曾经创造无数"洗脑神曲"，让人听完欲罢不能，甚至甘愿把灵魂献给它！

苏克纳斯

别称：痴愚者

登场作品：《苏克纳斯的金色之手》

趣味简介：阿撒托斯无形者天团的又一成员，表演时不安分地乱扭已经成为它的特色。而它的表演或许能够让人意识到，要太多"面子"，唱歌时反而容易跑调，让听众难受至极！

07

格赫罗斯

"它通体棕红，如同生锈了一般，表面除了山丘一般的球状突起外并无其他特点。当然，如果从这里望去，就会发现那些突起并非山丘大小，而应该更为巨大。它毫无生气地浮在那里，散发着压倒性的气息，犹如翻滚的闷雷。"

——拉姆齐·坎贝尔《牵引》

别称：毁灭之先驱

登场作品：《牵引》

趣味简介：它被人们称作"宇宙大闹钟"，专门为古神们提供叫醒服务。听到它的声音，就离灾难不远了。

阿布霍斯

"这里看起来就像是所有扭曲畸形与污秽不洁之物的源头。浅灰色的团块不断地颤动、膨胀，匍匐蠕动的畸形生物不断裂生出来，然后四散逃离，爬满整个岩洞。"

——克拉克·A.史密斯《七诅咒》

别称：不净者之源

登场作品：《七诅咒》

趣味简介：这不可名状的污秽之物，是一切重口味的鼻祖！

09

姆西斯哈

"北欧神话中的巨狼芬里尔，是姆西斯哈最为有名的形象，这位外神多次尝试打破界限侵入我们的世界，并且逐步趋近于成功。在神话中，芬里尔为诸神所欺，被束缚于一条魔法银链之中，直到诸神黄昏来临才会被释放。此时它将吞噬奥丁，吞没月亮。"

——布鲁斯·巴隆《狂猎》

别称： 廷达罗斯之主

登场作品：《狂猎》

趣味简介： 它是廷达罗斯猎犬中最强大的存在，据说一口就可以吞噬月亮，难道这就是传说中的"天狗"？

10

乌波-萨斯拉

"当地球还身处晦暗混沌的发端时，庞大而无形的乌波-萨斯拉便休憩于淤泥和蒸汽之中。它没有头颅，也没有四肢和器官，软泥状的身体如缓慢而坚定的波浪一般流动着，这像变形虫一样的形态就是地球生命的原型。它周围散落着用异星石料雕刻成的巨大石板，上面记载着创世前的神灵们那些奇异的智慧。"

——克拉克·阿什顿·史密斯《乌波-萨斯拉》

别称： 无源之源

登场作品：《乌波-萨斯拉》

趣味简介： "大象无形" 说的就是乌波-萨斯拉！它的身体灵活多变，难怪从它身上可以生发出地球上的一切生灵。古老者还以它为榜样，创造出了 "后浪" 修格斯一族。虽说它守护的石板上记载了很多前辈留下的大智慧，但它好像对变聪明完全没有兴趣，依然坚持做 "天真" 的自己！

伊波-兹特尔

"立于巨大石笋的阴影下，可以隐约看见伊波-兹特尔的雕像，在它倾斜的石肩上，有一个抛光的黑色肿块，它的两只眼睛被固定在头部一处奇怪的位置：一只眼睛靠近顶部，另一只眼睛更低，嘴巴则位于这两只眼睛中间。在僵硬的斗篷下面，一群石化的夜魔，折叠起它们的翅膀，紧紧地抓住神灵看不见的身体。"

——布莱恩·拉姆利《梦之英雄》

别称：阴暗者

登场作品：《和瑟西岛一同升起》

趣味简介：这家伙很神秘，在你毫不知情的情况下，它也许正隐藏在黑暗空间中用放大镜观察着你！而它无时无刻的"宇宙观察训练"，也练就了它惊人的洞察力，恐怕只有犹格-索托斯的聪明才智能让它服气了。与犹格-索托斯不同的是，它拥有杀伤性武器——能够吞噬灵魂的黑血。

12

乌维哈希

"它缩成一团，没有固定的形状，身上有大量的触手在狂舞着，上面还有数十只眼睛。它仿佛被鲜血浸透一般红。毫无疑问，它是有生命的，并且正在呼吸和移动！它耸立在公寓上空，就像鼹鼠丘上的一座高山——一种可怕的不谐之音从它的体内传出，我知道，那是它难以被理解的言语。"

——詹姆斯·安布尔《乌维哈希降临》

别称： 血之饕餮

登场作品：《乌维哈希降临》

趣味简介： 这是一位十分残暴的神祇，所谓"相由心生"，从它通红的身躯就可以窥见它暴躁的个性。鲜血对它来说如同美酒，但是只有优质的人类血液，才能满足它挑剔的味蕾！

13

鲁-克苏

"这血腥的景象乍看好像是一团肠子和内脏，但定睛细看，才惊觉那是一个湿漉漉的、小行星般的疣状球体，上面覆盖着不计其数的卵形脓疱，以及蛛网般交错的隧道。那些脓疱像是黏糊糊的半透明羊膜产囊，而那些隧道实际上是静脉，用来向产囊中的居住者输送血浆和营养物质。这团生物体即为鲁-克苏——邪恶的旧日支配者的子宫、黑暗的起源。"

——詹姆斯·安布尔《相关内容》

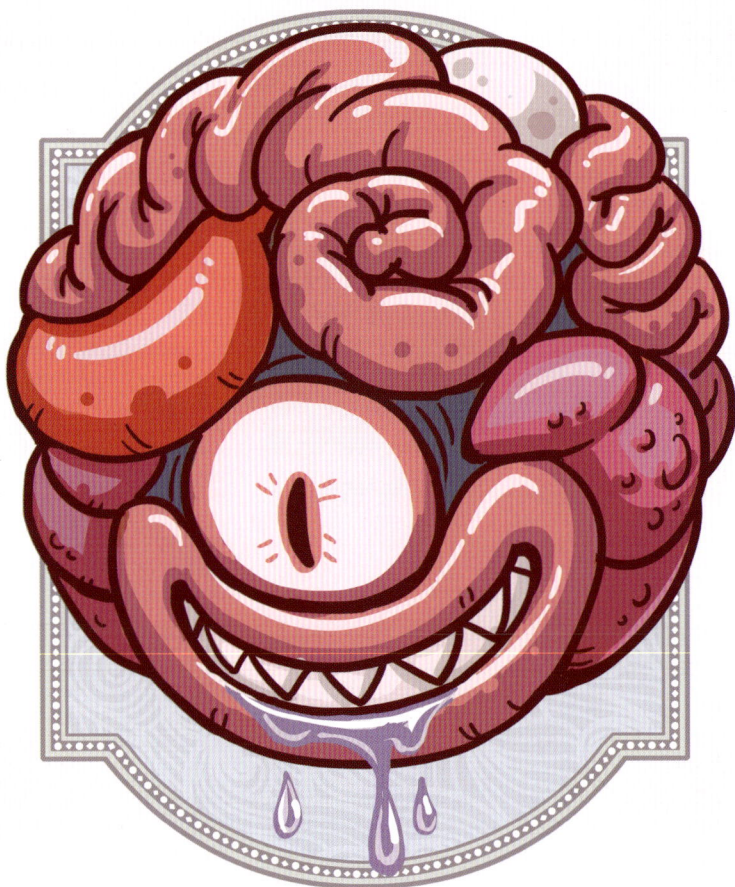

别称：旧日支配者之源

登场作品：《拜亚戈纳之祸》

趣味简介：这颗布满内脏的巨大星球是古神们的"孵化器"，专门生产各种邪恶之物！从某种意义上讲，也可以算是一位"伟大"的母亲了。

克赛克修克鲁斯

"痴愚之神通过类似分裂的方式解离出了无数的个体，每一个都是独有的存在，每一个都是某个星系的最高领主。我们星系的统治者就是克赛克修克鲁斯，这个怪物具有雌雄同体的外形，它不断吞噬着自己的子嗣。只有少数的子嗣能成功逃离父母，尽其所能地生存下去。"

——理查德·L. 蒂尔尼《未应之神》

别称： 阿撒托斯的双性后裔

登场作品：《神祇族谱树》

趣味简介： 据说它是由阿撒托斯裂变而生，雌雄同体，而且是个超级吃货。撒托古亚拥有它的血统，可以说它就是干饭家族的鼻祖。更可怕的是，它连自己的后代都吃！

恩格尔-科拉斯

"在太阳系形成前就出没于此的恩格尔-科拉斯，这个邪恶丑陋的存在，也仅仅是浩瀚的姆兰多斯的一处局部漩涡。传说中的伊姆纳尔、黑暗追踪者及地球上所有智慧的诱惑者，不也只是恩格尔-科拉斯的一条手臂，是由地上生命的意识想象出的、破坏生命并引导毁灭的器官吗？"

——小沃尔特·C.德比尔《伊德海拉走过之处》

别称： 虚空之神

登场作品：《恩格尔-科拉斯》

趣味简介： 它是噩梦般的存在，诞生于原始宇宙的黑暗虚空之神，生命对它而言就是宇宙中的垃圾，必须全部清除掉！

16 克塔帕

"一些人用记录器捕捉到的地球深处的尖叫声和令人心碎的哭嚎声并不是地狱的声音，而是沉睡在地球深处的克塔帕的流动声。"

——多米尼克·巴茨萨克《巴黎、梦境与现实》

别称：星核之神

登场作品：《巴黎、梦境与现实》

趣味简介：它是隐藏在地壳之下的熔岩之神，闯入它的领域，你会感受到来自地狱的温度！

17 来自群星的黑暗

别称： 暂无

登场作品：《芝加哥之王》

趣味简介： 宇宙的心理阴影面积有多大，它就有多大！同时它还无比高冷，没有人能和它搭上话。

18 尤玛恩托

别称： 星之贪食者

登场作品：《图书馆之物》

趣味简介： 如果燃料充足的话，它就是燃烧的"小宇宙"！

19
库苏恩

别称：种族之母

登场作品：《蜡像馆惊魂》

趣味简介：这棵邪恶的巨树散发着恶臭，而它孕育出的生命也同样邪恶，廷达罗斯猎犬就是它的创造。

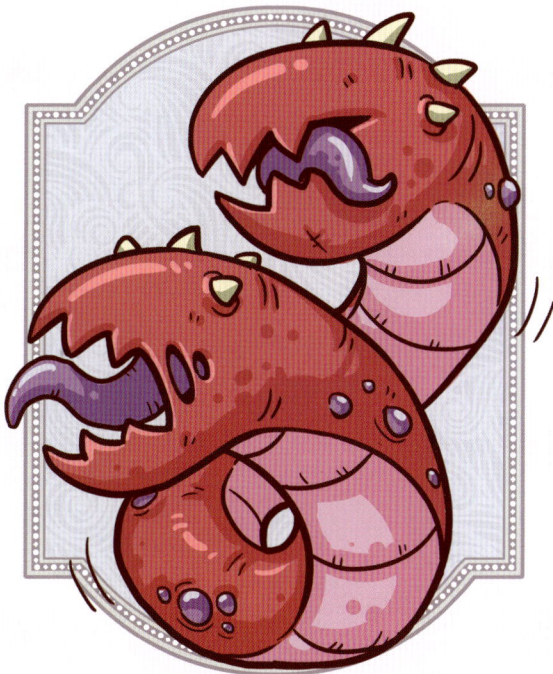

20
诺斯—意迪克

别称：暂无

登场作品：《博物馆里的恐怖》

趣味简介：这条巨大的虫子首尾各有一个头，那么它上厕所该用哪边？

01
伟大的克苏鲁

"它刻画的是一个隐约带有人形轮廓的怪物，长着一个像八爪鱼似的有众多触须的脑袋，身体像是覆着鳞片的胶状物，脚爪巨大，身后还有一对狭长的翅膀。它体形臃肿，身体上流着黏液，巨大的绿色身躯蹒跚着从那黑暗的开口中拥挤而出，走进人们的视野，好像一座山岭行走在天地间。"

——H. P. 洛夫克拉夫特《克苏鲁的呼唤》

别称： 沉睡之神

登场作品：《克苏鲁的呼唤》

趣味简介： 它就是伟大的克总，古神界的"睡眠担当"，号称"睡神"。因常年沉睡于海底城市拉莱耶，过多摄入垃圾食品，体重逐年增加，导致行动不便，因此它只能通过意念向人们传播教义。而这竟令它的信徒数量不减反增，让它的表弟哈斯塔极为不爽。

02

大衮

"突然，我看见它了，仅以波浪的微微翻动为预告，然后它猛然从黑暗的水面中立起了身体。它那丑恶而庞大的身躯，宛如独眼巨人波吕斐摩斯，仿佛是一只在噩梦中出现的怪物。它直奔独石，低下头，用有鳞的巨臂捶打石块，发出有节奏的声音。一瞬间，我彻底丧失了理智。"

——H. P. 洛夫克拉夫特《大衮》

别称：达贡

登场作品：《大衮》

趣味简介：它是深潜者的长老，克苏鲁的私人管家。在它的带领下，深潜者家族不断壮大，并在印斯茅斯成立了教会，吸引更多人类加入。大衮为克苏鲁帝国的伟大复兴做出了卓越的贡献。克总还不快给员工发糖？

03
哈斯塔

"正前方是一座湖——哈利之湖。五分钟后湖中泛起层层涟漪，似乎有什么东西正浮在水面上。一只如同章鱼一般长着触手的巨大水栖生物背对着我，它甚至比西海岸的巨型章鱼还要大十倍，不，是二十倍。我不敢直视它的脸。"

——奥古斯特·威廉·德雷斯《山墙之窗》

别称：深空星海之主

登场作品：《牧羊人海塔》

趣味简介：它是克苏鲁的表亲兼死敌，极度自恋。它自称是"最有风度"的神，抵制不穿衣服等不文明行为，讲究生活品质，最喜欢的美食是人脑。它鄙视克总的"死肥宅"形象，并总想与之在人气上一较高下。

〇4
加塔诺托亚

"从巨型地穴中敞开的活门下，我看见一个不可思议而又畸形丑恶的庞然大物渗涌上来，它硕大无比，生有触须、长鼻和章鱼似的眼睛。我的任何描述都不足以暗示那个在黑暗混沌中诞下的禁忌子嗣所展现出的令人嫌恶、污秽不洁、非人类可以想象的无尽恐怖与邪恶。"

——H. P. 洛夫克拉夫特&海泽尔·希尔德《超越万古》

别称：火山之王

登场作品：《超越万古》

趣味简介：它是克苏鲁的长子，水系的克总为何会有被称为"火山之王"的火系后代，原因不得而知，不过如果被它看到，你就等着变成石头吧！

05
伊索格达

"这个双足怪物后肢类似于两栖类动物，前肢高高举起，像在进行恐吓一般，末端长着吸盘的带蹼手掌呈张开的状态，朝观看者扑去。它的头部是一大团沸腾的伪足或触手，其中可以隐约看见一只闪耀的眼睛。"

——林·卡特《偶然入梦》

别称：深渊之主

登场作品：《超越时代》

趣味简介：它是克苏鲁的次子，和克总一样住在海底。它食量惊人，体形巨大，很争气地继承了克总的超能力——心灵感应。

06
佐斯-奥莫格

"身躯状如巨型的圆锥，平坦迟钝的楔形爬虫类脑袋生在顶端，被漩涡状的长发所遮盖。那些头发，或者说是胡须或鬃毛，由粗厚的绳索状物盘旋拧结而成，就像大量的巨蛇或蠕虫。透过这美杜莎般令人不适的绳状卷须，一对混合着冷酷、非人的嘲弄和幸灾乐祸般的威吓的凶残蛇眼盯向我们。"

——林·卡特《佐斯-奥莫格》

别称：深渊住民

登场作品：《超越时代》

趣味简介：这是克苏鲁的幼子，是一个拥有一头靓丽"秀发"的小正太。要问它的养发秘诀是什么，嘿嘿，可不是使用什么品牌的洗发水，而是只要赋予它们生命就可以了！

07
克希拉

"和绝大多数章鱼一样，它的眼睛长在头上可以向任意方向伸缩超过两英尺的位置。不同的是，它的眼睛有着三套眼柄，远超过每只眼睛必需的伸缩长度。通过检查，发现它的每条触手背面都有着伸缩自如的爪钩，长约五英尺，弯曲而锋锐，触手聚集的后腿上还有着微小的突起，像是翅膀的芽胚。"

——蒂娜·L.延斯《在他女儿黑暗的子宫中》

别称：隐秘者

登场作品：《提图斯·克劳的回归》

趣味简介：这只带有翅膀的粉红色小章鱼是克苏鲁的小女儿，作为神二代，它的实力有些拉胯，因常被人嘲讽，所以它感到自卑，不过它对于克苏鲁的复苏仪式十分重要。

伊塔库亚

"头顶的星空被乌云遮盖, 这朵巨云有着人的轮廓, 尽管乌云密布, 在它的顶层——人形头部, 依然闪耀着两颗烁亮的星星, 宛如两只巨眼。"

——奥古斯特·威廉·德雷斯《乘风行走之物》

别称: 酷寒死寂之神

登场作品:《伊塔库亚》

趣味简介: 它是哈斯塔的子嗣, 它最大的魅力就在于它的冷酷, 但同时它又有一双"迷人"的赤红大眼, 仅仅被它注视, 就能让你的肾上腺素飙升。

09
克图格亚

"但即便我们被遮住了双眼，也依然能够看见那从可憎之地流向天际的、巨大而不定的形体，以及同样巨大的、从树梢飞掠而过的火焰之云。"

——奥古斯特·威廉·德雷斯《黑暗住民》

别称： 活火焰

登场作品：《库文街上的小屋》

趣味简介： 你就是那冬天里的一把火，熊熊火焰"温暖"调查员的心窝，每次召唤你走近奈亚拉托提普的身边，用火光吞噬这家伙！虽然它可以"燃烧自己、照亮他人"，但需要注意它强大的破坏力也会伤及无辜哦。

10

亚弗姆-扎

"亚弗姆-扎就是一团火焰，如同摇曳的灰色火光，但那是一团完全超越了极地之寒的火焰。亚弗姆-扎就像是原始世界里沸腾的泥沼和恶臭的、被恶龙践踏的沼泽上的一种冰冷的枯萎物，因为从它的生命核心里涌现出一种可怕的、如同星际深处本身的冰冷。"

——林·卡特《炎之侍祭》

别称：冰焰极圈之主

登场作品：《画廊的恐怖》

趣味简介：它是克图格亚的后裔，与热情的父亲全然不同，它是一位"冰山美男"，它的身上冒着冰冷的火焰，所到之处的一切无不因为它的冷酷而受尽创伤！

Ⅱ
兰-提戈斯

"它的躯干近乎球体，有六条弯曲、末端长着蟹钳的肢体。在球体上端，附带着一个如泡泡般向前膨胀的球体，上面分布着三只如同鱼一般圆瞪着的眼睛，还有那足有一英尺长柔软灵活的长吻，可以看出这是它的头部。在头部的长吻之下，触须变得长而密集，并且呈现出螺旋形的条纹——像是美杜莎的蛇发。"

——H. P. 洛夫克拉夫特＆海泽尔·希尔德《蜡像馆惊魂》

别称： 象牙玉座之神

登场作品：《蜡像馆惊魂》

趣味简介： 它被称为"象牙玉座之神"，有着章鱼与螃蟹混搭的长相，喜欢海鲜的教徒可以选择崇拜它！

12
巴萨坦

"它被装在一个未知金属的圆筒里，连同一卷告诉我这枚戒指的用途和强大魔力的卷轴。它是海神巴萨坦的图章戒指。长久而深刻地凝视绿宝石的人，能任意看到遥远的情景和所发生的事情。"

——克拉克·阿什顿·史密斯《蟹之主》

别称：海神

登场作品：《蟹之主》

趣味简介：这只古老的大螃蟹成"精"了，哦不，是成"神"了。这犀利的眼神，让人"SAN值狂掉"！

鲁利姆·夏科洛斯

"它有着肥大的白色蠕虫似的外形，但体形比海象还大。那半蜷曲的尾巴和身体中段一样粗，身体前端向上抬起。白色的嘴不停地开合，里面没有舌头和牙齿，随着面部不断地从圆台的一边摇摆到另一边。一双空洞的眼窝紧邻浅浅的鼻孔。一团团眼球状的血珠不断从眼窝中涌现，随即破裂、滴落，在冰面上形成两堆石笋状的黑紫色物体。"

——克拉克·阿什顿·史密斯《白色蠕虫的到来》

别称：白色蠕虫

登场作品：《白色蠕虫的到来》

趣味简介：这只虫子长得还算清新，但它巨大的身形和"爱哭"的性格，还是让人无法接受啊。

14

修德·梅尔

"一条一英里长的巨型灰色物体，一边吟唱一边分泌着奇异的酸。它以惊人的速度和决然的愤怒钻进地球深处，在它面前，玄武岩就像喷灯下的奶油一般融化。"

——布莱恩·拉姆利《钻地魔怪》

别称：裂地者

登场作品：《泥泞之境》

趣味简介：根据调查，地震的原因或许不是板块移动，而是这些地底的巨大生物搞的鬼！而修德·梅尔绝对是主犯！

15

撒托古亚

"虽然从未亲眼见过撒托古亚的神像，但凭借听闻，我轻松地认出了它。撒托古亚身形矮而肥胖，头部像是一种怪异的蟾蜍而非神明，全身覆盖着短短的毛发，看上去既像蝙蝠又像树懒。它那对球形的眼睛半睁半闭，看起来昏昏欲睡，肥厚的嘴唇间吐露出怪异的舌尖。"

——克拉克·阿什顿·史密斯《撒坦普拉·赛罗斯物语》

别称：蟾之神

登场作品：《撒坦普拉·赛罗斯物语》

趣味简介：这只巨大的蟾蜍从遥远的土星来到地球后，就一直潜伏在黑暗深渊"恩凯"之中，虽然它看起来总是一副懒洋洋、困兮兮的样子，但任何闯入恩凯调查的调查员都会成为它的舌尖美食。它也被人们称作"地下最强食客"！

赫祖尔夸伊耿扎

"这东西难以形容。它长着滑稽的短腿,却有十分细长的手臂;圆圆的脑袋挂在身体的下端,就像发生了某种诡异的倒转。不过在观察了一会儿并发现它那厚厚的毛发和昏昏欲睡的表情后,伊波恩发现它与撒托古亚之间有某些模糊的相似之处。"

——克拉克·阿什顿·史密斯《通往土星之门》

别称: 土星之神

登场作品: 《通往土星之门》

趣味简介: 它是撒托古亚的叔父,生活在土星上,因为骨骼精奇,力大无比,被当地土著所崇拜。

17

伊戈罗纳克

"在意识到昨天窗户上的倒影为何没有头之后，他尖叫起来。在那身上还挂着绒布外套碎片的半裸人形推开桌子之时，斯图拉特在最后关头产生了一个奇异但确凿的念头：这些事情之所以发生，是因为他读了《启示录》。但在他发出抗议声之前，他就被一双手扼住，那手掌心长着潮湿鲜红的血盆大口。"

——拉姆齐·坎贝尔《冷印》

别称：污染者

登场作品：《冷印》

趣味简介：这个无头的胖子被称作"污染者"，它的嘴长在手掌心上，嘴里吐出的污秽之物让人厌恶至极，不过还是有些重口味的家伙崇拜它。

18

伊格

"伊格，那些生活在中央平原上的部族提到的蛇神——这位可能后来演变成南部地区广受崇拜的羽蛇神或库库尔坎的神明——是一个极其任性善变的半人形魔鬼。秘密流传的骇人故事暗示了当人们蔑视它，或是故意伤害它蜿蜒爬行的子嗣时会遭到怎样的报复；它最爱的复仇方式是在适当地折磨过受害者后，再将其变成一条带点斑的蛇。"

——H. P. 洛夫克拉夫特&齐里亚·毕夏普《伊格的诅咒》

别称：众蛇之父

登场作品：《伊格的诅咒》

趣味简介：它被称为"众蛇之父"，要问它那么多的子嗣是从哪里来的，或许其中很大一部分是那些惹怒了它的倒霉蛋变成的。为了"多子多福"，它可真是不择手段啊。

19

伯克鲁格

"这尊石像的年代十分久远,上面长满了海草,但依稀能够辨认出上面雕刻着伟大的水蜥蜴伯克鲁格,于是他们就将这尊石像放在了伊拉尼克的神殿里。自那以后,每逢凸月之时,整个米纳尔地区的人都怀着崇敬之心对它顶礼膜拜。"

——H. P. 洛夫克拉夫特《降临于萨尔纳斯的灾殃》

别称: 水蜥蜴

登场作品:《降临于萨尔纳斯的灾殃》

趣味简介: 萨尔纳斯城的人类,你们犯下了滔天大罪! 大蜥蜴很生气,后果很严重!

20

艾霍特

"苍白之物从井下的黑暗中攀爬而上,那是一个由无数干枯的腿支撑的浮肿惨白的肉卵。胶状肉卵上浮现出无数眼睛,凝视着他。"

——拉姆齐·坎贝尔《风暴来临之前》

别称:苍之兽、迷宫之神

登场作品:《弗兰克林段落》

趣味简介:它被称作"迷宫之神",专门寻找河谷之下的隧道中迷失的人类,让他们充当宿主,以繁殖后代。如果它跟你签订契约,那么"恭喜"你,你答应或者不答应都是死路一条!

21
格拉基

"卵形身体上支棱出无数尖细锐利、像多彩金属一般的脊刺；在卵形较圆的那端是长着圆厚嘴唇的松软发泡的脸，上面伸出三支顶着黄色眼睛的眼柄。身体底侧长满了可能是用来移动的白色锥体。它的身体直径至少有十英尺宽，长长的触手在上面虬结生长。"

——拉姆齐·坎贝尔《湖中栖物》

别称：暂无

登场作品：《湖中栖物》

趣味简介：它搭乘着一块巨大的陨石来到地球，栖息在塞文河谷的湖泊之中。这只金色的大蛞蝓浑身长满尖刺，被它刺到的话你就会变成一具僵尸！

阿尔瓦撒

"阿尔瓦撒以一个巨大无头的非人形态出现，在四肢的位置上延伸出四条庞大的触手。这个生物没有头部，颈部开口，形成一张无牙的巨口，足有八英尺宽，不断地发出哈欠声，仿佛嘶吼一般。"

——兰迪·迈考尔《庇护所》

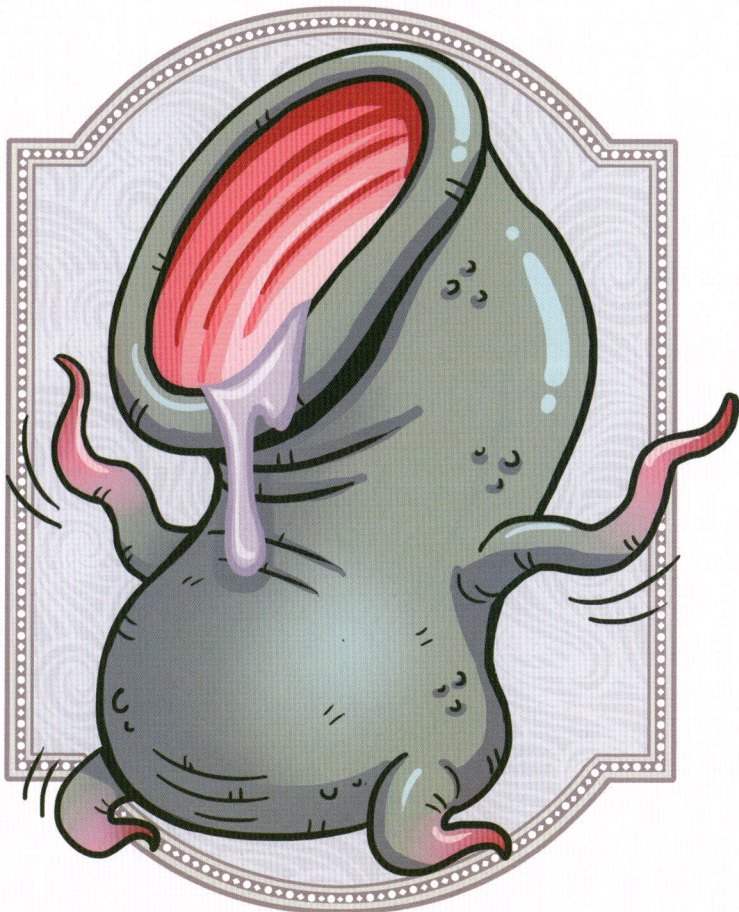

别称：山丘上的沉默吼叫者

登场作品：《亚狄斯飞碟》

趣味简介：当你看到它那张直接和脖子相接的张开的巨口，以为它要一展歌喉却迟迟发不出声音时，你就能理解为何它能得到"沉默吼叫者"的外号了。只能说呼吸也是一种痛啊！

23

维布尔

"大约每个世纪都有文章提到它，并总将它描述为一只'巨鼠'，这缘于它那3只三叶草状的红色眼睛的凝视，以及它喜欢待在黑暗的地方的特性。它无法通过四肢或脚来移动身体，但在两点间移动还是可以的。它梨形身体的表面凹凸不平，身上大面积覆盖着一层缠结的黑色皮毛，但更类似于合成物，偶有一根小触须穿过或抽离这里。"

——凯文·W.杰克林《来自苏门答腊的威胁》

别称：来自超越之物

登场作品：《来自苏门答腊的威胁》

趣味简介：它是苏门答腊食人教崇拜的神，巨鼠般的身躯上长有3只红色眼睛，黑色皮毛中含有放射性真菌，据说它是来自另一个世界的危险存在。

夏乌戈纳尔·法格恩

"这东西的丑恶无法用言语来表达。它有着一条象鼻、一对参差不齐的巨耳和两根从嘴角伸出的粗壮象牙，然而它并非大象。实际上，除了几处明确的相似点以外，要说它和大象之间还有什么相似的地方，实属牵强。它的耳朵由数只以蹼相连的触肢构成，象鼻的末端连着一个至少一英尺宽的喇叭形吸盘。"

——弗兰克·贝克纳普·朗《来自群山的恐怖》

别称：高山上的恐怖

登场作品：《来自群山的恐怖》

趣味简介：它的外貌类似大象，但不要被它的外表所迷惑，它可是吸食人血的邪神！它所创造的杂交种族"丘丘人"同样是邪恶的存在！

莫尔迪基安

"它形似巨龙，后方蜷曲的躯干源源不断地从晦暗的走廊深处爬进来；它转动着、回旋着，瞬息万变，好似充溢着黑暗太古的能量漩涡。顷刻间，它变成一种没有四肢和眼睛的恶魔巨人；之后，它像冒着浓烟的火舌，跳跃着、伸展着，向前拖着身体进入窖室。"

——克拉克·阿什顿·史密斯《藏骸所之神》

别称： 食尸鬼之王

登场作品：《藏骸所之神》

趣味简介： 它被称为"食尸鬼之王"，不过长相与食尸鬼大相径庭，相同点是它们都有口臭！因为它的口味很重，专吃祖尔-巴哈-萨尔城人民为它献上的死尸。

24

诅-谢-坤

"它是终极的毁灭,是古老之夜的永恒空虚与沉寂。当大地死去、生命消逝、群星熄灭之时,它会再度崛起,拓展支配的领域,并将黑暗带进光明。只要它现身,一切生命、一切声音、一切动作都会宣告终结。它有时亦会在蚀之刻现身,尽管它没有名字,棕色之民却知晓它名为诅-谢-坤。"

——亨利·库特纳《恐怖之钟》

别称: 太古之夜

登场作品:《恐怖之钟》

趣味简介: 它是纯粹的无形黑暗,一旦卷入,便会坠入无尽的虚空之中,碰到它的话,好吧,你没了!

阿特拉克—纳克亚

"那是一个黑暗的形体，像一个匍匐的人一般大小，但长着蜘蛛一样长长的肢体。在身体底部那些多节的腿之间，他看到那蹲坐着的乌黑身体上有一张脸。那张面孔用一种带有怀疑和质问的可憎表情凝视着他；而当这个大胆的猎人与那小而狡诈的、四周全是毛发的眼睛对视时，恐惧流遍了他的每一根血管。"

—— 克拉克·A.史密斯《七诅咒》

别称： 蜘蛛之神

登场作品：《七诅咒》

趣味简介： 它是蜘蛛之神，人面蛛身。很久以前，它和撒托古亚一起从土星来到地球，还经常一起吃饭，这样的好朋友到哪里去找？

28

绿神

"它耸立在潮湿的地面上，如一个绿色的复活节岛雕像。由于生长过度，它的顶部消失于黑暗的穹顶之中，已经难以分辨其形状。它展开躯体向我靠近，那发着微光的绿色附属物，看上去就像从茧中伸出的巨大羽翼，它没有嘴，但当它触碰到我时，我听到了它发出的诱惑般的低语。"

——拉姆齐·坎贝尔《沃伦唐之下的恐怖》

别称： 暂无

登场作品： 《沃伦唐之下的恐怖》

趣味简介： 这并不是复活节岛上的巨石像，而是一个散发着邪恶气息的绿色怪物！它会感染附近农田里的蔬菜，如果有人吃下被感染的蔬菜，就会变成像兔子一样的生物，并成为它的信徒！

29

红流之神

"后方传来一声奇怪的哀嚎，那道红色水流停了下来，它的身上出现了我梦中萦绕不去的那种巨大舔痕。当它的身体耸入云霄时，它体内舞动着雾状的血肉碎片，还有飘动着的黑色水流纹。"

——唐纳德·旺德莱《姆巴瓦树人》

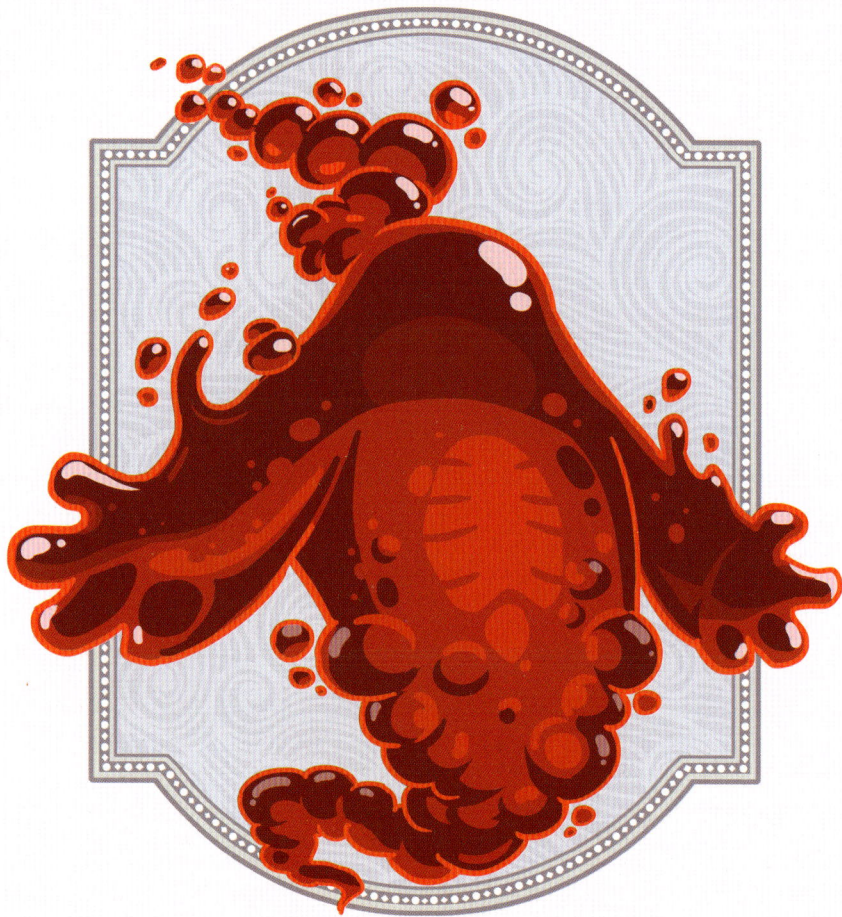

别称：暂无

登场作品：《姆巴瓦树人》

趣味简介：它那红色血液般飘逸的身躯其实是一种液态金属物质，看似没有实体，却力大无比，能够操控僵尸和姆巴瓦树人为它战斗。

30

乌素姆

"不知为何，这东西就像一株巨大的植物，从一枝球状树干中分出无数肿胀而苍白的根。那枝树干半掩着，顶部生有一个朱红杯状物，就像一朵畸形的花；杯中显现出一个珍珠色的小精灵的身影，它的形体美丽而匀称。"

——克拉克·阿什顿·史密斯《乌素姆》

别称：火星之神

登场作品：《乌素姆》

趣味简介：你以为你在赏花吗？不！那是它的致幻剂在侵蚀着你的理智，这株畸形的植物是可怕的恶魔！

31

犹斯-特拉贡

"巨大的触手，难以计数的眼睛！噢，它像鼻涕虫一样发着光！鳞片和皱纹还有……怎么可能？这样的一个东西，眼睛里怎么会充满了可怕的智慧呢？哦上帝，这怎么可能！"

——朝松健《犹斯-特拉贡的假面》

别称：誉主都罗榷明王

登场作品：《犹斯-特拉贡的假面》

趣味简介：它是白金面具的拥有者，夜刀浦人所崇拜的邪恶神灵。据说得到它的面具之人可以知晓过去和未来，代价却十分惨重。

32

雷克斯瑞加-塞罗斯

"巨大的皮革翅膀的拍打声充满了他们的耳朵。黑暗中有一个怪物和他们在一起，莱恩看到数千只眼睛盘旋在马克面前，那是一个长满鳞片的畸形头颅与一个形状极其怪异的咽喉，它身体的其余部分消失在阴影中。"

——约翰·普雷斯科特《棕塔》

别称：噬暗者

登场作品：《棕塔》

趣味简介：这只蝙蝠骨骼清奇，面目可憎，它总是喜欢在黑暗的古塔中等候猎物出现。

33

夸切·乌陶斯

"那东西比一个年幼的孩子大不了多少，却像千年木乃伊一样干枯发皱。纤细的脖子支撑着没有头发的头颅和毫无特征的脸庞，上面布满了无数褶皱。它细小的胳膊上长着骨瘦如柴的爪子，那僵直的前伸姿势看起来就像永远在摸索。它的脚掌就像俾格米人一样微小，移动时双腿紧闭而没有迈步的动作，似乎被裹尸布束缚着一样。"

——克拉克·A.史密斯《踏尘者》

别称：踏尘者

登场作品：《踏尘者》

趣味简介：这长相有点"着急"的家伙其实只是个少年。所以年轻人啊，生活千万不要太着急！

34

奎斯-阿兹

"这个外星的矿物结构是一簇巨大的水晶，它高耸于聚合的矿物群之上，内部闪烁着一种不自然的光。变换与增长——扩张与收缩。巨大的、有雕刻平面的水晶，像花朵盛开一样从高耸的聚集堆中发芽。一次疯狂的颜色和光线的展示，透过那半透明的实体跃动着、闪烁着，从矿物结构之中，挥舞出长长的锋利水晶卷须，像霜一样在地面上扩散。"

——斯科特·大卫·安洛罗维斯基《早霜》

别称：智能晶体

登场作品：《早霜》

趣味简介：一块水晶能有什么坏心思呢，不过当它拥有智能后，情况恐怕就不一样了！

35

拜亚提斯

"它只有一只眼睛，如独眼巨人一般。他说它还有着螃蟹般的螯钳和大象般的鼻子，脸上长着像巨蛇一般垂下来的触须，就像某些海中怪兽一样，同时他们还听到了类似大蝙蝠扑腾翅膀的声响。这些靠近我的像蛇一样的东西，足有一个人那么粗，长度却难以想象，这应该就是可憎的拜亚提斯的面部触须。"

——拉姆齐·坎贝尔《城堡中的房间》

别称：蛇须拜亚提斯

登场作品：《自群星而来之物》

趣味简介：凡人千万不要与它对视，否则这个独眼的海怪会操控你的心智！

塞诺索格里斯

"一个黑暗而巨大的无形物缠绕着什么,在靠近顶点的破碎雕像的位置,一个如同手臂般弯曲着的附肢延伸出来,冷酷地抓取着什么,似乎它在这个位置已经存在了数个世代,随时都有可能继续或结束它的动作。"

——托马斯·利戈蒂《梦境征兆》

别称: 送丧者之神

登场作品:《梦境征兆》

趣味简介: 看到它就赶紧逃命吧,那是"死神"在向你招手!

37

伽达蒙

"它在人脑的血肉之中繁殖，隐藏在一个恐怖的黑暗世界的大湖中。它将长眠于此，并在此觅食、成长和等待。"

——凯斯·赫伯《皮克曼的学生》

别称： 阿撒托斯之种

登场作品：《皮克曼的学生》

趣味简介： 据说它是由阿撒托斯的身体组织制造而成的，能在人脑中繁殖，并让人产生恐怖的幻象！

38

尼格利斯鲁

"在勒库特的书中有这样一幅木版画：它常被描述为一个高大的狼形生物，用与人无异的腰腿直立着，巨口中生长着巨大的獠牙，巨翅掀起阵阵气流。"

——詹姆斯·安布尔《雪中潜行者》

别称：似狼者

登场作品：《雪中潜行者》

趣味简介：这只狼人会在月圆之夜飞出洞穴觅食，那些擅闯古老森林的人将成为它的口粮！相传，所有的狼人传说都源于它。

39
马特马尔斯-赫尔埃尔

40
夏鲁拉西-霍

别称: 伟大有角之母

登场作品:《噩梦门徒》

趣味简介: 它被信徒们称作"乳神",据说喝下它的乳汁可以获得智慧,还能使任何伤口愈合,但是副作用很大!至于怎么才能喝到,则是另外一回事了。

别称: 墓中潜行者

登场作品:《众神的族谱》

趣味简介: 这家伙是个谜一样的存在,相传它是克苏鲁的后代,亦有传闻他是食尸鬼之父,真相究竟是什么,有待调查员进一步研究!

41 伊赫马蒂

别称： 麋鹿女神

登场作品：《通往土星之门》

趣味简介： 它是能让奈亚拉托提普心里的小鹿乱撞的女神，可见它的魅力非同一般！

42 艾侬格

别称： 蛇之女神

登场作品：《草丛中转瞬之影》

趣味简介： 它是伊格与伊德海拉之女。粉红色的身体融合了蛇和章鱼的特征，表面看起来十分可爱，体内却拥有剧毒，被它咬到的话，后果不堪设想。

43
罗伊格尔与札尔

别称：暂无

登场作品：《星之眷族的巢穴》

趣味简介：这对孪生兄弟被称为"卑猥之双子"，是两团有着无数触手的巨大肉块。如果你很久没吃肉了，可以看着它们解解馋。

44

纳格与耶布

别称：暂无

登场作品：《最终测试》

趣味简介：这一对兄弟被称为"亵渎之双子"，它们是母神森之黑山羊和犹格泡泡的直系子孙，可谓是血统纯正的古神！

01

克苏鲁的星之眷族

"另一个形似章鱼的陆地种族很快就从无垠宇宙中赶来，对古老者发动了毫无预兆的可怕战争，它们或许对应着传说中先于人类存在的克苏鲁的眷族。"

——H. P. 洛夫克拉夫特《疯狂山脉》

别称：星之眷族

登场作品：《疯狂山脉》

趣味简介：这种萌萌的生物是伟大的克苏鲁的仆从，在上古时期它们可是克苏鲁军团的主要战力，由于受到封印，其形象退化到了幼体状态，并与克总一起在海底长眠，待群星归位时重新征服世界！

02

深潜者

"我想它们的身体应该是一种灰暗的绿色，虽然肚皮是白色的。它们身上大部分地方都光亮滑溜，但背上有着带鳞的鱼鳍。那身形与人类有些类似，而头部却属于鱼类，在它们头上长着从不闭合的、凸出的大眼球。脖颈的两旁还有不断颤动的鳃，同时长长的手脚上都有蹼。它们杂乱无章地向前跳跃，有时只用后腿，有时则四肢着地，它们那嘶哑尖锐的喉音传达出了其面部所无法表现的、所有黑暗的感情。"

——H. P. 洛夫克拉夫特《印斯茅斯的阴霾》

别称：暂无

登场作品：《印斯茅斯的阴霾》

趣味简介：印斯茅斯镇欢迎渴望金子和永生的人类，代价是你需要习惯这张鱼人面孔。在大衮夫妇的领导下，深潜者队伍一天天壮大，它们坚信伟大的克苏鲁终将苏醒，并重新支配这个世界！

03
伊斯之伟大种族

"其中两只触手的末端有着巨大的钩爪，就像螃蟹的螯，另一只的末端则有四个喇叭状的红色器官。还有一只的末端是一个直径约两英尺的不规则球体，上面横生了三个巨大的圆形眼睛。其头顶还有四根灰白色的细茎，每根茎的顶端都有像花一样的器官，头的下部垂着数条细小的绿色触须。而中央那巨大圆锥体的底盘上，则覆盖着灰白色的胶状物质，它一伸一缩，就能像软体动物一般爬行。"

——H. P. 洛夫克拉夫特《超越时间之影》

别称：伊斯人

登场作品：《超越时间之影》

趣味简介：它们是来自外星的学霸，对知识的狂热令人称奇！伊斯一族拥有十分发达的科技，能够穿越时空并与其他生物交换身体！如果你不爱学习，惧怕考试，或许可以尝试把身体交给它们。

古老者

"它们的身体就像有着起伏褶皱的桶，自桶身中部水平地伸出一条条细细的触肢，就像车轮上的辐条一样。桶顶和桶底长着突出的瘤节状物体，瘤节上又伸出五条扁平的长臂，长臂的末端变细，如同海星一般。"

——H. P. 洛夫克拉夫特《魔女屋中之梦》

别称：远古者

登场作品：《疯狂山脉》

趣味简介：地球上资格最老的智慧生物当属古老者了，它们曾经创造的辉煌文明连当今人类都无法媲美。后来却因为外星生物疯狂涌入地球而内卷至灭绝的边缘，真是个命运坎坷的种族。

05

修格斯

　　"那是一团噩梦般的乌黑发亮的形体，那无定形的身躯散发着恶臭，向前蠕动流淌。它的表面有无数放射出绿光的、脓包似的眼睛在周而复始地形成而后消解。那填满整个隧道的躯体直扑下来，将慌乱的企鹅们尽数压碎，然后，它们从同类已经清理得纤尘不染、闪着邪异反光的地面上蜿蜒爬过。我们耳边又响起了那骇人的、嘲讽似的叫声："Tekeli-li! Tekeli-li!"

——H. P. 洛夫克拉夫特《疯狂山脉》

别称： 暂无

登场作品：《疯狂山脉》

趣味简介： 它们有着柔软无定形的胶状身体，可以随意组合变化，搬砖、Cosplay样样精通，是古老者最得意的创造。但后来它们进化出智慧，背叛了主人，这成为古老者永远的痛。

06
修格斯领主

"你根本想不出修格斯领主确切的形状！上次见到他时，他和现代人差不多。不过，修格斯领主现在变柔软了！多么变化多端啊！其他的都无须多说，它们的存在本身就是恐怖！"

——迈克尔·谢《肥脸》

别称：暂无

登场作品：《肥脸》

趣味简介：一部分修格斯进化出变为人形的能力，但这能力跟奈亚拉托提普比起来简直太弱了！它们只能变成一副光头肥佬的模样，一旦情绪变得糟糕，它们就会瞬间融化为凝胶！

07
廷达罗斯猎犬

"五个怪物以夸张的速度在荒漠中移动着。怪物们的双目炽热，下颌突起，从外貌上看，它们与狼有些相似，但轮廓不停变换着，好似宇宙中所有的邪恶都在时刻重塑着它们一样，使它们的破坏力变得愈加惊人。"

——弗兰克·贝克纳普·朗《通往永恒之门》

别称： 缅茄之犬

登场作品：《廷达罗斯猎犬》

趣味简介： 时空通道内有恶犬出没，在使用禁断秘法穿越时空前请做好防护，务必远离屋内所有直角的墙角！如果不幸遇到这些恶犬，请迅速躲进球里！

黑山羊幼仔

"路上有一个黑色的物体。那不是树，而是一个蹲着的又大又黑的东西，好像在等着什么，它身上绳子似的胳膊在蠕动着、伸展着。它就是我梦中的黑色物体——那个出现在树林里的黑色的、有好多绳子的、黏糊糊的、树一般的东西。它爬了上来，用它的蹄子和嘴，以及那蛇一般的胳膊，在地上蠕动着爬了上来。"

——罗伯特·布洛克《弃屋中的笔记本》

别称：黑暗子嗣

登场作品：《弃屋中的笔记本》

趣味简介：这些黑山羊幼仔的数量惊人，而且非常淘气和吵闹，将它们一手养大的羊妈真是太伟大了！这群孩子只出现在它们母亲的教区，受到母亲盛名的庇护。

09

米-戈

"故事里所描述的都是些粉色的东西，它们足有五英尺长。那如甲壳生物一般的身体上，长着数对巨大的像背鳍一般的器官和数组节肢。而在原应是头部的位置，却长着一颗结构复杂的椭球体，上面覆盖着大量短小的触须。"

——H. P. 洛夫克拉夫特《暗夜呢喃》

别称：犹格斯真菌

登场作品：《暗夜呢喃》

趣味简介：如果宇宙中需要外卖配送员，那么米-戈绝对是业绩第一。在高科技的助力下，其送餐速度和质量绝对有保证！它们新鲜的大脑罐头是哈斯塔的最爱哦。

10 乌撒之猫

"尽管如此也没人敢去责问那对夫妇，哪怕在听了客栈老板的儿子小阿塔尔的话后也是如此——阿塔尔信誓旦旦地说，他曾在黄昏时看见乌撒所有的猫都聚集在那个受诅咒的院落的树下，它们排成两列纵队，绕着那间破屋围了一圈，并庄严地踱步，仿佛是在执行某种闻所未闻的动物仪式。"

——H. P. 洛夫克拉夫特《乌撒之猫》

别称： 暂无

登场作品：《乌撒之猫》

趣味简介： 乌撒城的法律中明令禁止猎杀喵星人！触犯该法令的家伙会受到来自"猫之女神"巴斯特大人的惩罚，变成猫粮！

人面鼠

"他们谣传着，那细小爪子的骨头所体现出的抓握特征并不属于老鼠，而更像是一只小猴子。那个有着凶猛的黄色长牙的头骨则最为异常，从某个角度来看，那就像是人类头骨的微缩版本，是可怕而堕落的拙劣模仿。"

——H. P. 洛夫克拉夫特《魔女屋中之梦》

别称：暂无

登场作品：《魔女屋中之梦》

趣味简介：人面鼠确实是名副其实，它有着老鼠的身形和人类的面孔，这种混搭组合一定是黑魔法的产物！即便是有着俊美面孔的人面鼠，想必也难逃成为噩梦般存在的命运。

皮克曼

"你要知道，只有画工精湛、对自然有着深刻洞察的画家才可能画出皮克曼的那种作品。虽然随便找一个为杂志画封面的画师，让他在画纸上一阵划拉，他也能画出'噩梦''巫魔集会''恶魔肖像'这些东西，但只有伟大的画家才能将画面表现得栩栩如生，令人毛骨悚然。"

——H. P. 洛夫克拉夫特《皮克曼的模特》

别称：暂无

登场作品：《皮克曼的模特》

趣味简介：听说他是一位才华出众的艺术家，我有幸去欣赏他的画作，看完后，我觉得这是我做过最为错误的决定！我的精神彻底被他污染了，我要跟他绝交！

13
食尸鬼

"这些生物并没有完整的人类模样，但很多地方都与人类相似。它们大部分用两足直立、身体前倾，看着就像一群狗；那和胶皮近乎一样的皮肤，直让人心里生厌。"

——H. P. 洛夫克拉夫特《皮克曼的模特》

别称：暂无

登场作品：《皮克曼的模特》

趣味简介：这些重口味的生物是皮克曼最爱描绘的对象，它们喜欢住在黑暗的古墓、地窖和隧道之中。据说人类通过某种方式也可以变为食尸鬼，但应该不会有人想尝试吧。

14

钻地魔虫

"那个柔软的灰黑色袋状躯体上长着一堆蠕动的触肢，除去那堆伸展开来、四处摸索的触肢以外，它身上再没有其他可供识别的显著特征。等等，还是有的——在这东西的前端有一个肿块，那是一个为它的大脑或神经中枢，抑或是别的什么支配着这只恐怖恶心的生物的病态器官而准备的容器。"

——布莱恩·拉姆利《钻地魔怪》

别称：克托尼亚人

登场作品：《钻地魔怪》

趣味简介：这种蠕虫是修德·梅尔的子嗣，同样也在地下各种搞事情，只是动静小一点而已。它们是一个默契十足的种族，可以随时随地通过心灵感应进行交流，十分方便。

15
星之彩

"井中浮现的那道磷光使人们不禁产生了一种异样的感觉，那是一种厄运即将降临的预感。这种感觉已远超他们的认知所能想象出的任何景象；那种色彩不再只是闪着幽异的光，而是自井口喷涌而出。当这股由无人认识的色彩所组成的无形洪流冲出井口之时，它仿佛直接流向了天空。"

——H. P. 洛夫克拉夫特《来自群星的色彩》

别称：暂无

登场作品：《来自群星的色彩》

趣味简介：来自宇宙深处的星之彩十分喜欢幽暗、阴冷的环境，在它的地球之行中，它就选择住进一口老井中。星之彩的胃口很大，同时也是"光盘行动"的积极实践者，被它品尝过的地方什么生命都不会剩下。另外，拥有艺术天赋的它还十分乐于用它的调色盘，为它的猎物画上一身美丽的彩色衣裳。

16

巨噬蠕虫

"他下方的大地上滋生着巨大的蠕虫，就在他张望的时候，一条蠕虫竖起了它长达数百英尺的身躯，朝他伸出了苍白而黏稠的前端。"

——H. P. 洛夫克拉夫特 & E. 霍夫曼·普莱斯《穿越银钥之门》

别称：钻星者

登场作品：《穿越银钥之门》

趣味简介：这是生活在幻梦境中的一种巨型蠕虫，一看到它那裂成四瓣的大嘴，就知道这是一个大胃王！除了吃，它们还能打通虚实空间的边界，在梦境和现实之间自由穿梭。

17

飞天水螅

"这是一个恐怖的、像水螅一般的远古种族，是一群荒诞的存在。它们的身躯只有部分是有形的，它们没有翅膀，却能在空中自由飞翔。有一些描述称它们时隐时现，身体具有可怕的可塑性。而另一些关于奇异的呼啸声，以及有着五个圆形脚趾的巨大脚印的传说，似乎也与它们有关。"

——H. P. 洛夫克拉夫特《超越时间之影》

别称： 盲目者

登场作品：《超越时间之影》

趣味简介： 它们是来自其他遥远宇宙的歌手，听它们唱歌，你最好闭上双眼，因为即使睁开眼，你可能也看不见它们那隐形的身躯。

诺弗一刻

"长着尖角的诺弗一刻，是格陵兰冰原上多毛的神秘生物。它有时用两条腿行走，有时用四条腿漫步，有时则用六条腿飞驰。"

——H. P. 洛夫克拉夫特&海泽尔·希尔德《博物馆里的恐怖》

别称： 暂无

登场作品：《蜡像馆惊魂》

趣味简介： 厚实的毛皮能让它们抵御寒冷，六只宽大的脚掌可在雪上飞驰，头上的尖角是它们进攻的武器，号称"极地终结者"！

19 绿渊眷族

"它看上去起伏不定，在几秒内不断变化，如同胶质般上升到十英尺的高度，然后下沉、膨胀，向前伸出黏滑的触手。整个胶状皮肤表面覆盖着一层污秽的脓液，牢固地黏着在表面，似乎是从皮革状的巨大表孔中分泌出来的。大概在这腐臭的深蓝色巨物的中心位置，一个留着口水的大洞以可憎的节奏呼吸着，看上去像是一个退化的嘴巴。"

——C.霍尔·汤普森《绿渊眷族》

别称：暂无

登场作品：《绿渊眷族》

趣味简介：这是一团拥有高度智慧的绿色凝胶状生物，在形态上和修格斯有些类似，但身上没有数不清的眼睛，它们也更为聪明，可以相互交谈并学习其他语言。

20

空鬼

　　"在黑暗中拖着脚步向他走来的，是一只巨大而亵渎的怪物。它的形貌，看起来有些像猿猴，又有些像昆虫；它身上的皮肤一堆堆地垂下来，布满皱纹的头上有着退化了的眼睛痕迹，那头颅就像喝醉酒一样左右摇晃着。伸长出来的前肢上生有大大张开的钩爪。虽然在它的脸上看不到任何表情，但能感到残忍而凶恶的气息正从它全身上下散发出来。"

——H. P. 洛夫克拉夫特&海泽尔·希尔德《蜡像馆惊魂》

别称：暂无

登场作品：《蜡像馆惊魂》

　　趣味简介：这个兼具猿猴和昆虫特征的家伙，可以跨越不同位面和宇宙，用钩爪将人类"勾引"到异次元，被它"引诱"而去的人，将永远不会再出现……细思极恐！

21
古革巨人

"那怪物的脚长达两英尺半，长着可怕的钩爪。然后，又一只脚出现在眼前；接下来，一只长满黑色软毛的巨大手臂出现了，那手臂在前端一分为二，每只手都酷似脚爪。接着出现了两只发出粉红色亮光的眼睛，巨人醒过来了，摇摇晃晃地露出了那桶一般大的头颅。那两只眼睛生在头部两侧，突出长达两英寸，被粗毛和骨头保护着。但是，它头颅上最可怕的当属那张巨口：那张嘴垂直地生长着，布满了巨大的黄牙，从头顶直裂到下方。"

——H. P. 洛夫克拉夫特《梦寻秘境卡达斯》

别称：暂无

登场作品：《梦寻秘境卡达斯》

趣味简介：它们是身躯庞大的黑色怪物，长相"猎奇"，脸部纵向裂开大嘴，裂口女见到它们恐怕也会被吓到。它们还是一群疯狂的信徒，过于疯狂无脑的崇拜行径让它们深受厌恶，而最终被流放到幻梦境的地下世界。

ZZ

冷蛛

"那是远古时代的战争场面，描绘着冷族的亚人类与附近山谷中巨大的紫色蜘蛛战斗的情景。"

——H. P. 洛夫克拉夫特《梦寻秘境卡达斯》

别称： 暂无

登场作品：《梦寻秘境卡达斯》

趣味简介： 这些幻梦境中的蜘蛛看起来还蛮可爱的，但这都是错觉，它们不但会同类相食，还拥有足以让人一命呜呼的毒液。

23

月一兽

"它们有着灰白色的黏滑巨体,体积能自由地扩张、收缩。它们经常变换形态,但整体接近于无眼的蟾蜍,那轮廓模糊的钝吻前端长着一丛短小的、不断颤动的粉色触手。"

——H. P. 洛夫克拉夫特《梦寻秘境卡达斯》

别称: 暂无

登场作品:《梦寻秘境卡达斯》

趣味简介: 幻梦境的月亮上,居住着一群施虐狂魔,它们会对异族严刑拷打。从这一点来看,它们信奉的主人一定是奈亚拉托提普!

24
空间—食魔

"但令我恐惧地失声尖叫的并不是那火光，而是凌驾于树林上空的那个轮廓，巨大无形的轮廓缓缓地在空中来回移动着。它顶天立地地立在屋里，散发出炫目的光芒，在屋子中央，天花板和地板之间，纸页旋转翻飞，光芒透过纸页，形成螺旋的光柱，射进我可怜的朋友的脑子里。光连续不断地射进他的脑袋，高高在上的'光之主'慢慢地摇动着它庞大的身躯。"

——弗兰克·贝克纳普·朗《空间—食魔》

别称： 光之主

登场作品：《空间—食魔》

趣味简介： 它们是来自高维度空间的光学生物，肉眼无法看清它们的真实形态。它们喜欢在人类的大脑中作怪，一旦被它们盯上，再聪明的人都会变得"无脑"。不过它们也有弱点，那就是害怕十字架！

25

夏盖虫族

"尽管它们的飞行速度很快，但由于恐惧，我的感官变得十分敏锐，甚至于获得了许多超出我预期的收获。那巨大而无眼睑的眼球怒瞪着我，头部那分节的触须似乎在随着宇宙的旋律而扭动。它们的十条腿上都长满了黑亮的触手，折叠在苍白的肚皮上；而那半圆形的坚硬翅膀上则覆盖着三角形的鳞片——但是这些都无法表达那向我冲来的形体带给我的撕裂灵魂的恐惧。我看见那东西的三张嘴湿乎乎地蠕动着，向我扑了过来。"

——拉姆齐·坎贝尔《夏盖妖虫》

别称：夏恩

登场作品：《夏盖妖虫》

趣味简介：夏盖虫族是少数崇拜阿撒托斯的狂热信徒，最终它们的星球被毁灭了，看来选择信仰要慎重啊。

26

星之精

"我看见了什么东西的模糊轮廓。那来自群星的、不可见的生物，在吸饱血之后便显现出了形体。它通体红色，还滴着血滴，深红色的胴体上舞动着无数触手，就像一个不断蠕动、跳动的果冻块一般。触手尖端有着吸盘一样的口器，那口器正饥渴地不断开合。这怪物浮肿而令人嫌恶：那一大团东西没有头、没有脸、没有眼睛，只长着永不餍足的嘴，还有和星间怪物的身份相称的利爪，在吸过人类的血液之后，它终于现形了。"

——罗伯特·布洛克《自群星而来之物》

别称：星际吸血鬼

登场作品：《自群星而来之物》

趣味简介：它们是宇宙吸血鬼，论颜值，它们完败人类吸血鬼；论饭量，那就另当别论了。

恐怖猎手

"天空中飞翔的，是宛如毒蛇般的巨大生物。它有怪异而扭曲的头颅，以及长有巨大钩爪的附肢。它靠着像黑色胶皮一样的、可怕的巨大翅膀，轻易地飘浮在空中。"

——奥古斯特·威廉·德雷斯《暗黑仪式》

别称： 阴鸷飞蛇

登场作品：《梦寻秘境卡达斯》

趣味简介： 这些黑色的飞蛇是奈亚拉托提普的"猎犬"，它们只在黑暗中寻找目标，所以夜间出门别忘记带上灯！

拜亚基

"在那里有节奏地扑打着的,是一群已被驯服且训练有素的、带翼的杂交生物,它们既不是完全的乌鸦模样,也非鼹鼠、兀鹫、蚂蚁或腐烂的人类尸体。我回忆不起它的样子,也绝不能回忆起来。"

——H.P.洛夫克拉夫特《魔宴》

别称: 暂无

场作品:《魔宴》

趣味简介: 这是来自哈斯塔大人的福利,是黄王信徒们的福音,共享坐骑拜亚基!冥王星直飞专线,路途比较遥远,起飞前记得带好黄金蜂蜜酒!

29

炎之精

"眼前出现了无数的小光点,原来那无数光点是火焰的怪物!它们所到之处,一切都燃烧起来。"

——奥古斯特·威廉·德雷斯《黑暗住民》

别称: 火焰吸血鬼

登场作品:《黑暗住民》

趣味简介: 这火焰状的生物是克图格亚的属下,它有着让一切生物"燃起来"的能力。如果你想要秒变热血青年,请联系炎之精!

30
无形之子

"这些活物从石槽里流淌而出，膜拜着用玄武岩或缟玛瑙雕刻而成的撒托古亚雕像。它们并非撒托古亚一般的蟾蜍模样，它们是一团团无定形的黏性软泥，为了达到各种各样的目的，可以变换成各色的模样。"

——H. P. 洛夫克拉夫特&齐里亚·毕夏普《丘》

别称：不稳定菌丝

登场作品：《撒坦普拉·赛罗斯物语》

趣味简介：这团黑乎乎、无定形的软萌生物是"地下最强食客"撒托古亚的小跟班，有变化万千的它们陪在身边，即便生活在地下，大蟾蜍的生活也应该十分丰富多彩吧？

31
丘丘人

"攻击我们的是一群小矮人，最高的也不过才四英尺，它们那对小得异常的眼睛深陷在球形穹顶一般的秃头内。我们的人还没来得及拔出武器，这群矮人就向我们扑了过来，并用那闪亮的刀剑砍杀我们的人和动物。"

——奥古斯特·德雷斯&马克·肖勒《星之眷族的巢穴》

别称：暂无

登场作品：《星之眷族的巢穴》

趣味简介：这些小矮人是旧日支配者夏乌戈纳尔·法格恩创造的邪恶混血种族，它们隐居于高原深山之中，虽然外表看起来老实无比，但实际上它们的小脑袋瓜里一直在打一些恶毒的坏主意，并具有很强的攻击性。果然是"人不可貌相"。

32

威尔伯·沃特雷

"它看起来容光焕发、神采奕奕，却长得格外丑陋：嘴唇肥厚、毛孔粗大、头发粗糙而卷缩，以及一对瘦长而古怪的耳朵，给人一种形似山羊或野兽的感觉。"

——H. P. 洛夫克拉夫特《敦威治恐怖事件》

别称：暂无

登场作品：《敦威治恐怖事件》

趣味简介：犹格泡泡和人类诞下的混血子嗣，它长着山羊一样的面孔，但还是拥有更多人类的特征。虽然它拥有外神血统，但实力平庸，最终被图书馆的看门狗咬死，这让犹格泡泡情何以堪！

33

深渊住民

"当它们翻动身体时，他透过那打开的嘴看到这种生物嘴中并没有牙齿，取而代之的是六排强有力的触手，交错在它的咽喉之中。"

——拉姆齐·坎贝尔《桥之恐怖》

别称：暂无

登场作品：《桥之恐怖》

趣味简介：它们看起来就像一团晶亮的果冻，只是透过它们的皮肤可以看到其身体中的大脑和内脏，这一点十分倒人胃口。它们居住在深海里，为克苏鲁、大衮等水系神祇提供各种服务，主业是运送食物。

34

妖鬼

"这种面目可憎的生物会由于受到光照而丧命。它用长长的后腿跳跃着前进，足有小马驹一般大的身躯从暗处跃出，那野兽丑陋而污秽的样子令卡特作呕。它的脸上没有鼻子、额头等重要的人类特征，却与人类出奇地相似，它用咳嗽一般的独特喉音来说话。"

——H. P. 洛夫克拉夫特《梦寻秘境卡达斯》

别称：暂无

登场作品：《梦寻秘境卡达斯》

趣味简介：它们是"见光死"的种族，会被阳光直接秒杀！但在地下的黑暗洞窟中，它们可是恐怖的掠食者，连古革巨人都会成为它们的猎物！

35
星海钓客

"一个巨大而奇异的畸形鸟状生物显现在月光之中，我在无以复加的恐惧中盯着那庞大恐怖的鸟状身躯，它身上披覆着鳞片而非羽毛。我瞥见这个令人生厌的东西只有一条腿，头部生有发光的巨眼和满是尖牙的勾喙，这个生物依靠那透明的鳞翅翱翔于天际。"

——林·卡特《星海钓客》

别称： 暗之飞翔者

登场作品：《前哨》

趣味简介： 这种"大怪鸟"在地面上只能笨拙地用单腿跳跃，但它们的飞行速度比火箭还要快！它们在月球上建造巢穴，要不是因为飞行速度快，地球和月球之间的通勤距离是我辈做梦也不敢想的。

36
姆巴瓦树人

"最远处的那棵大树有一百英尺左右高，就像一个笨拙的巨人矗立在那里，除了它巨大的肢臂，以及肢臂末端那五个如同手指一般的多节枝梢之外，它没有一处具有人类的特征。而它右边那棵树看上去更像一个普通人，最小的那棵树竟然用人类一样的眼睛盯着我！"

——唐纳德·旺德莱《姆巴瓦树人》

别称：暂无

登场作品：《姆巴瓦树人》

趣味简介：它们是名副其实的"木头人"，在身为正常人类的情况下不慎闯入红流之神的领域，而被迫喝下一种奇怪的树液。在几十年的时间内，一步步转化为红流之神手中的"傀儡木偶"。获得这样的永生实属悲惨！

37 夏塔克鸟

别称：暂无

登场作品：《梦寻秘境卡达斯》

趣味简介：巨大的飞行坐骑，乘坐它飞行的前提是你要信奉外神。当然，如果你信奉的是奈亚拉托提普的话，恐怕会发生点小意外哦。

38 威尔伯之弟

别称：暂无

登场作品：《敦威治恐怖事件》

趣味简介：它是威尔伯·沃特雷的孪生兄弟，与兄长不同的是，它身上没有多少人类的特征，看起来更像一只怪物。在敦威治事件中，它杀害多名居民，最终被3名人类放逐。作为神之子，它的实力比兄长强一点，但依旧无法称神。

39

恩莱斯-格尔

40

蛇人

别称：暂无

登场作品：《恩莱斯-格尔的到来》

趣味简介：它是强大神秘组织"百万蒙宠者"的成员，是忠于奈亚拉托提普的仆人，并以它的名义展开杀戮。据说它经常为主人执行毁灭星球的任务，不过也经常因为毁灭过程不够精彩而受到奈亚拉托提普的处罚！

别称：暂无

登场作品：《伊格的诅咒》

趣味简介：据考古学家发现，早在二叠纪时期便出现了蛇人，它们最早信奉"蛇父"伊格，后来又转而信奉"蟾蜍之神"撒托古亚，难道是因为想要改善伙食吗？

趣味插画篇

克苏鲁

拉莱耶ASMR

① ASMR是指人体通过视、听、触、嗅等感知上的刺激，在颅内、头皮、背部或身体其他部位产生的令人愉悦的独特刺激感，这里指克苏鲁催眠人类的低语声。

躺平

② "躺平"为网络用语，形容慵懒的状态。由于克苏鲁常年沉睡，故称之为"躺平之神"。

克总发糖！

③ "克总发糖"源于"Cthulhu Fhatgn！"，其中"Fhatgn"一词的发音与中文"发糖"很像，大概意思就是"克苏鲁万岁"。

飞行超载……

❹ 克苏鲁虽然有一对翅膀，但由于它的身材臃肿，这对短小的翅膀怕是不能带它飞了。

❺ "克总弱船" 这个 "梗" 源自小说《克苏鲁的呼唤》中的剧情：身为强大神祇的克苏鲁竟被人类的船杆撞伤了身体而逃走。这成为读者日常吐槽的点，可以理解为克苏鲁惧怕船只。

本身弱船……

好味~

❻ 作为巨大的海底 "肥宅"，克苏鲁的食量自然惊人，连鲸鱼都难逃成为它盘中餐的命运。

阿撒托斯

阿撒托斯的宫殿中有许多的无形舞者和吹奏者，为它演奏混乱无序的乐章，由此或可认为阿撒托斯是一名音乐爱好者。

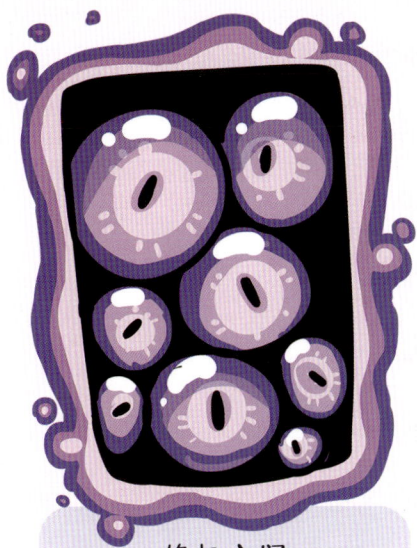

终极之门

❶ 犹格－索托斯被描述为无数发光球体，有点类似于气泡，因此常被读者称为"犹格泡泡"。这里它化身为"终极之门"的形象。

犹格气泡水

❷ 传说女儿国的水可以让人类怀孕，犹格－索托斯有可能就是用这种方式与人类结合诞下子嗣的。这里它化身为"气泡水"的形象。

泡泡之钥

❸ 在小说《穿越银钥之门》中，人类需要拥有银钥，才能进入犹格－索托斯的空间之门，所以它也被称为"泡泡之钥"。

莎布-尼古拉斯

宝贝儿~

❶ 莎布-尼古拉斯号称"森之黑山羊",传说哪里有生命诞生,它就会在哪里降临。

乖,宝贝

❷ 它被人类称为"生育之神",因为它总是处于"大肚子"的状态。

我太难了……

咕咚

❸ 根据描述，莎布-尼古拉斯拥有万千子嗣，所以对它而言，带娃就成了日常生活。

滋补一下吧

❹ 生娃养娃过于劳累，因此它经常需要找一些被献祭的家伙来补充营养。

奈亚拉托提普

重磅礼物 ❤

① 奈亚拉托提普对地球人还是很大方的，经常毫不吝啬地送给人们"重磅礼物"。

好书

② 奈亚拉托提普喜欢传授给人类黑暗的知识，因此它总是向人类推销一些"好书"！

纸片飞大生

欢迎收看奈亚拉托提普的脱口秀！

③ 奈亚拉托提普正在启动《死灵之书》中的召唤仪式！

④ 为了在地球"吸粉"，奈亚拉托提普经常出现在一些电视节目当中，它一定掌握了流量密码！

来吧，异乡人

❶ 大衮密教的纪念碑是来恶魔礁参观的游客们的打卡圣地，大衮会亲自在这里等候异乡人的到来。

财神爷驾到

❷ 来印斯茅斯加入大衮密教的人会得到丰厚的回报，因此他们称大衮为"财神爷"。

啪！

❸ 居住在深海中的大衮，长有带电的触角——不仅能照明，还能帮助渔民捕鱼。

哈斯塔

美味

① "无脑不欢"的哈斯塔，吃相一定要优雅。

美美哒

② 身为"黄衣之王"，皇冠肯定也要是金黄色的啦！

风一样自由

③ 作为风系神祇的哈斯塔，它本人也颇爱风一样自由的感觉。

迷人的面具

④ 据说哈斯塔出席活动时总会戴着迷人的面具，可能是担心面具后的它不够迷人吧。

掉色了吗？

⑤ 黄色是哈斯塔的最爱，节俭如它，脱色的衣服就用颜料补救一下。

领便当吧！

⑥ 克苏鲁是哈斯塔的眼中钉。本是同根生，相煎何太急啊！

克苏鲁的星之眷族

● 作为克苏鲁的星之眷族，没有什么比睡觉更重要！

❷ 眷族们偶尔会梦到"克总发糖"。

起床

❸ 格赫罗斯"大闹钟"光临地球，克总即将苏醒，眷族们该起床搞事情了。

好困

刷手机

❹ 封印尚未完全解除，它们依旧非常困倦。

135

伊斯之伟大种族

学习使我快乐

❶ 伊斯人天生热爱读书，这种品质值得我们学习！

我在未来等你

❷ 伊斯人掌握着穿越时空之门的科技。

穿越

小菜一碟

❸ 考试对伊斯人来说易如反掌，它们是天生的学霸！

想当"交换生"吗？

❹ 人类少年往往不喜欢读书，所以伊斯人会借用他们的身体，前往图书馆，学习地球人的知识！

❶ 一些深潜者水手总是喝得烂醉，它们经常找异乡人的麻烦！

印斯茅斯的永生秘诀？

❷ 据说深潜者的寿命很长，甚至不会自然死亡，很多印斯茅斯人因为追求永生而加入大衮密教！

❸ 深潜者女性经常参加相亲，而且它们更青睐人类而不是鱼人！

印斯茅斯的福报~

❹ 这个印记对鱼人来说很恶心，但对它们并没有实质性的伤害。

❺ 印斯茅斯人会收到大衮赐予的黄金制品，因此它们非常狂热而忠诚地信奉神祇！

❻ 抽烟对肺不好，但有鳃就不怕了嘛。

古老者

美丽冻人

❶《疯狂山脉》中记载，现存的古老者仅分布在南极地区，但它们没有耐寒能力，全都被冻成了冰雕！

❷ 古老者水晶能够储存魔力，古老者们通过奇特的呢喃来释放它的力量！

❸ 古老者被自己创造的奴仆修格斯所吞噬！

呕力给

❶ 它会通过手上的呕吐物传给教徒们力量，因此它的咒语应该是"呕力给"！

嗨～

❷ 它打招呼和亲吻的方式十分独特哦。

亲亲～

修格斯

① 修格斯也可以变成"软妹"。

搬砖

② 修格斯是古老者创造的奴仆，专门从事搬运、建造等重体力劳动！

③ 修格斯的身体如凝胶般柔软，还会分裂生殖！

Tekeli-li

④ 修格斯进化后吞噬了主人古老者，并学会了它们的语言"Tekeli-li"。

求合体

⑤ 修格斯的身体既可以分裂成无数个体，也可以重组在一起，所以它有时会召唤同伴"合体"，来让自己变得强大！

真香

Tekeli-li

⑥ 修格斯还会Cosplay它们的主人古老者。

⑦《疯狂山脉》中记载，修格斯来到南极洲后，企鹅就成了它们的主要食物来源！

汪

❶ 根据描述，廷达罗斯猎犬只能通过夹角小于120°的时间拐角穿越时空！

❷ 作为犬类，汪星人爱骨头的特性它们同样拥有！

❸ 如果有人类想驯养它们作为宠物的话，恐怕会有生命危险！

咩～

① 至高母神的万千子嗣黑山羊幼仔，会像羊一样"咩咩"叫，但它们可不吃素！

妈咩咩咩呀！

② 和其他种族的幼仔一样，它们也会经常哭闹！

干杯！

③ 幼仔们的社交方式就是"干了这瓶奶"！

143

钻地魔虫

颤抖吧，凡人！

❶ 巨大的蠕虫在地下钻来钻去，它喜欢地震给凡人带来的恐惧！

出来透透气～

❷ 地下空气不新鲜，它们偶尔也从井口出来透透气。

摇摆～

❸ 摇摆的蠕虫，宛如沙漠中的舞者。

打包完毕

① 米-戈会用一种特殊容器运送大脑至太空中，并保持不坏，这里可以称之为"打包"。

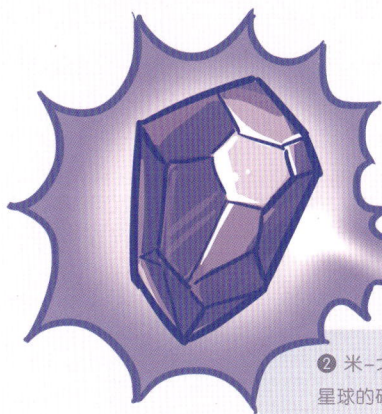

滋滋

② 米-戈会收集来自不同星球的矿石以提取能量。

米一戈外卖

③ 米-戈拥有卓越的星际飞行和运输能力，它们是太空中的"外卖员"。

年年有鱼

大衮作为鱼人之神，会给予信徒黄金作为财富，在春节，它化作锦鲤祝大家"年年有鱼"。

"黄衣之王"哈斯塔为大家送来福利，它所到之处黄金满地。考验大家手速的时候到了！

过大年就要红红火火，挂起克系大红灯笼，年兽一定"SAN值狂掉"！

辛苦了一年，就等克总给大伙儿发糖啦！

吼！

喜庆的日子就要舞动起来，连蠕虫都情不自禁地舞起了狮子！

今年的新春晚会，我们请到了"鱼乐精神"十足的深潜者为大家说相声。

过年了，克总的眷族们吃起了饺子。

这个饺子的馅儿是修格斯的味道……

伊斯人不但智商高，情商也高，还给地球人发红包！

肿胀之女的红包，抢到即"挂"掉！

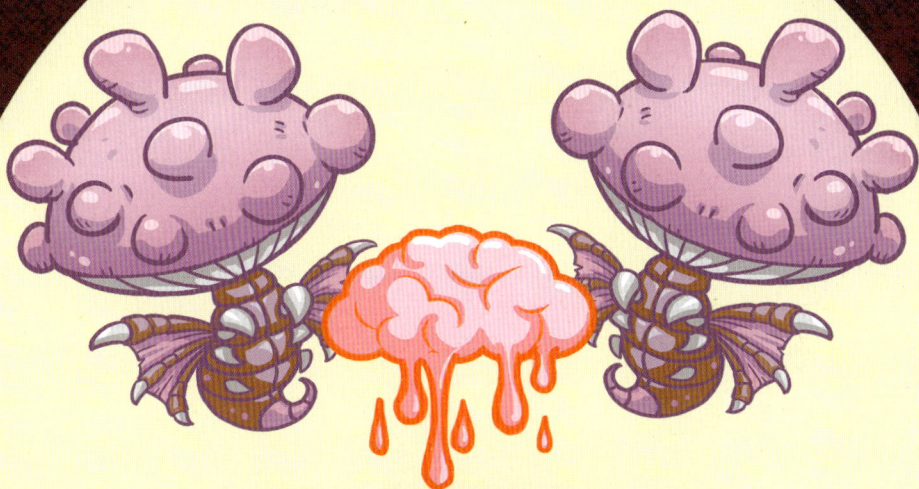

不放过任何一颗大脑的米-戈

化身艺术家的星之彩

丧尸Look的深潜者

深潜者版本的"弗兰肯斯坦"

被异化的人鱼

躁动不安的古神

触须爱好者的万圣节前夜装扮

"转角遇到爱"的调查员

甜蜜蜜的克苏鲁

换上圣诞雪人套装的伊斯人，看起来十分美丽"冻"人！

圣诞老人的驯鹿跑丢了，只能让人面鼠代替一下……

修格斯化身圣诞树，为大家送上圣诞礼物！

戴着圣诞帽的奈亚拉托提普，你说萌不萌？

奈亚拉托提普还送来了装着克苏鲁宝宝的圣诞袜，这礼物有点让人承受不住啊！

从壁炉里钻出的不仅有圣诞老人，还可能有空鬼！点着火你都能进来吗？

圣诞节快乐！戴上圣诞帽的克总显得别样乖巧呢。

哈斯塔大人为了圣诞节也是拼了，竟然不惜把衣服染成了红色！

伊斯人穿越到古阿拉伯时期，研究起《死灵之书》的起源。

伊斯人来到虚拟的黑客帝国，研制应对恐怖赛博病菌的药剂。

如果诸葛孔明当年能得到伊斯人的帮助，强强联手，那么历史是否会被改写呢？可惜伊斯人和他语言不通，真是遗憾！

经过义体改造，赛博朋克化的伊斯人拥有更强的战斗力，这下它们不用再惧怕飞天水螅了！

蒸汽时代的伊斯人为自己打造了一套蒸汽朋克风的装备，并发明了时空怀表，让它们能在各个时空穿梭。

相比于人类通过推理破案，伊斯人只需要穿越回案发时的现场，案件就能轻松告破。这下福尔摩斯的职业生涯可要受到史无前例的冲击了！

海边的调查员

他在海边调查时发现了一只章鱼般的生物，那种奇特的呼噜声让他感到一阵眩晕。从那以后，他的脑海里经常萦绕着"Fhatgn"这个词。

Fhatgn...

格赫罗斯的召唤

格赫罗斯带着它的音响设备，赶赴地球召唤古神们苏醒！

血色温泉

温泉被恶魔之血染成猩红色，无数不可名状的血色生物从池中爬出，巨物从火山口中蠕动而出。天哪！这一定是噩梦中的景象！

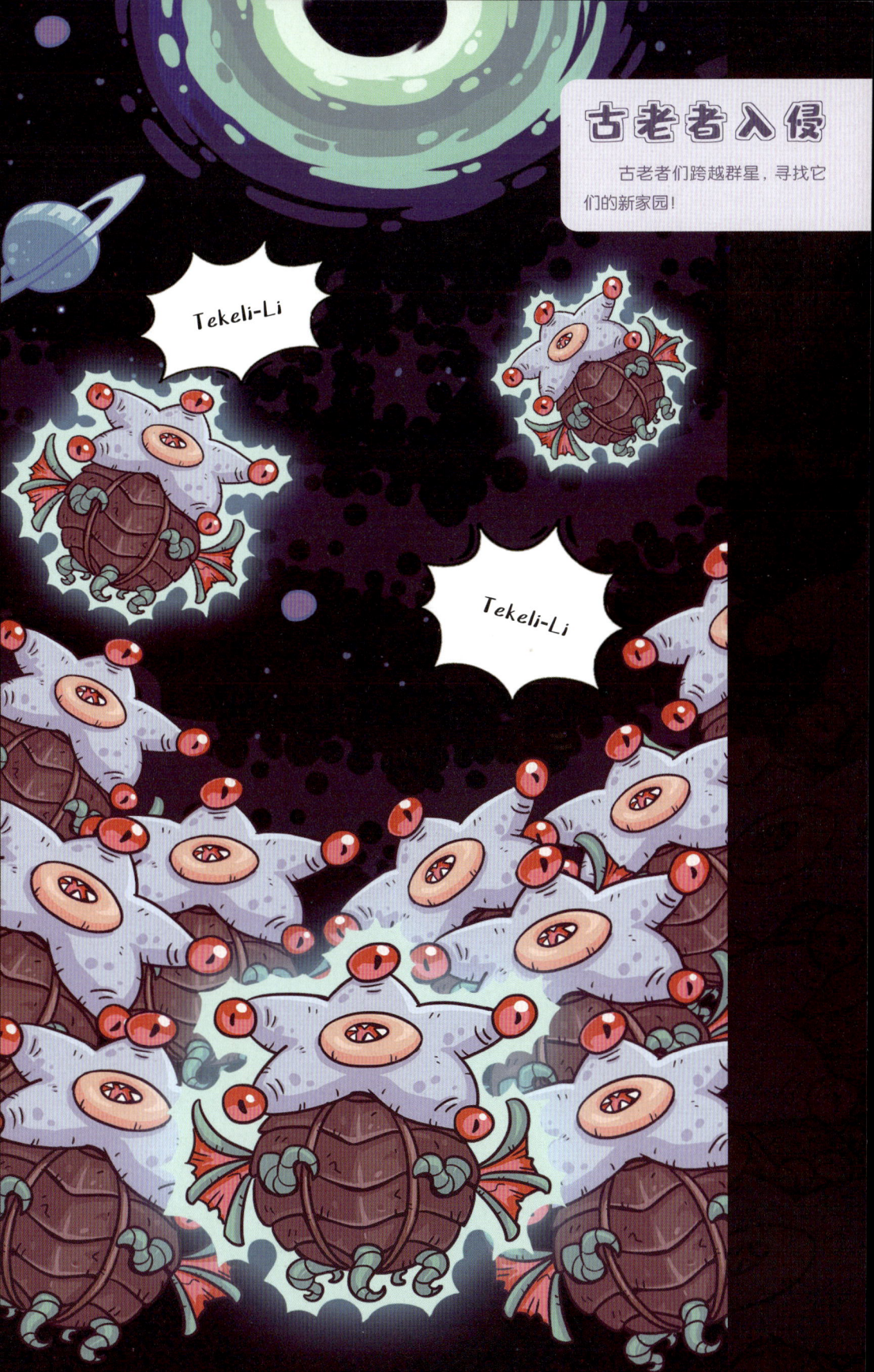

古老者入侵

古老者们跨越群星，寻找它们的新家园！

Tekeli-Li

Tekeli-Li

策划编辑：喻思铭　张 璐
助理编辑：董 凯
美术编辑：吴秋波
封面设计：李梅霞

数艺设
教程分享
微信订阅号
szysptpress

ISBN 978-7-115-58786-2

9 787115 587862 >

出版合作：zhanglu@ptpress.com.cn
分类建议：艺术 / 插画
人民邮电出版社网址：www.ptpress.com.cn

定价：99.90 元